« Raconte-moi une histoire ! »

L'heure des histoires est pour chacun de nous, adulte ou enfant, un moment de complicité irremplaçable. Un moment où l'enfant écoute les mots, regarde les images, apprend, découvre, s'exprime. Un moment où la relation s'enrichit, dans la confiance et l'affection.

La lecture partagée élargit l'horizon des enfants, ouvre leur imaginaire et leur donne le goût des histoires.

Quand ? * Tous les jours, le soir, avant de dormir, à l'heure de la sieste, ou **à tout moment** de la journée !

Où ? * Là où l'on se sent bien, confortablement installé, écrans éteints… On peut lire **vraiment partout** !

Comment ? * Il y a les lecteurs pressés et ceux qui prennent leur temps. Ceux qui jouent, en rajoutent, font les voix des personnages, et ceux qui font des silences entre les pages. Il n'y a pas de bonne ou mauvaise manière, **laissez-vous porter** !

*Pour toute l'école primaire
d'Auchterhouse
J.D.*

Traduction de Jean-François Ménard

Maquette : Karine Benoit et Laure Massin
Suivi éditorial : Louise Drouet

ISBN : 978-2-07-515509-0
Titre original : *The Gruffalo*
Publié pour la première fois en 1999
par Macmillan Children's Books, Londres
© Julia Donaldson 1999, pour le texte
© Axel Scheffler 1999, pour les illustrations
© Gallimard Jeunesse 2013, pour la traduction française,
2021, pour la présente édition
Numéro d'édition : 660978
Loi n° 49-956 du 16 juillet 1949 sur les publications
destinées à la jeunesse
Premier dépôt légal : avril 2021
Dépôt légal : juin 2025
Imprimé en République tchèque par PBtisk

Julia Donaldson - Axel Scheffler

GRUFFALO

Gallimard Jeunesse

Une souris se promenait dans un grand bois profond.
« Ah, se dit un renard, une souris c'est très bon. »
– Eh bien, petite souris, où vas-tu dans ce bois ?
J'ai un joli terrier, viens manger avec moi.
– C'est terriblement gentil, mon bon renardeau
Mais je dois déjeuner avec un gruffalo.

– Un gruffalo ? Mais qu'est-ce que c'est ?
– Un gruffalo ? Tout le monde le sait.

Ses défenses
sont terribles,

Ses griffes
sont effrayantes,

Ses dents sont redoutables,
ses mâchoires terrifiantes.

Je dois le retrouver derrière ces rochers
Et le renard rôti est son plat préféré.

– Renard rôti ? dit le renard. Ah, non, merci !
Adieu, petite souris. Et très vite, il s'enfuit.

« Ah, le stupide renard ! Il ignore donc, le sot,
Qu'il n'existe pas de gruffalo ? »

La souris chemina dans le grand bois profond.
« Ah, se dit un hibou, une souris, c'est très bon. »
– Eh bien, petite souris, où vas-tu dans ce bois ?
Sur mon arbre perché, viens manger avec moi.
– C'est diablement gentil, mon cher oiseau,
Mais je dois prendre le thé avec un gruffalo.

– Un gruffalo ? Mais qu'est-ce que c'est ?
– Un gruffalo ? Tout le monde le sait.

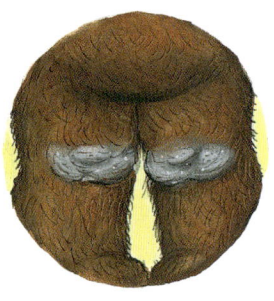

Il a de la corne
aux genoux

Des orteils
écartés

Et sur le nez une grosse
verrue empoisonnée.

Au bord de ce ruisseau, il devrait arriver
Et la glace au hibou est son plat préféré.

– Glace au hibou ? Adieu petite souris !
Et dans son arbre aussitôt il s'enfuit.

« Ah, le stupide hibou ! Il ignore donc, le sot,
Qu'il n'existe pas de gruffalo ? »

La souris chemina dans le grand bois profond.
« Ah, se dit un serpent, une souris, c'est très bon. »
– Eh bien, petite souris, où vas-tu dans ce bois ?
J'habite sous ces bûches, viens manger avec moi.
– C'est merveilleusement gentil, petit serpenteau
Mais je dois festoyer avec un gruffalo.

– Un gruffalo ? Mais qu'est-ce que c'est ?
– Un gruffalo ? Tout le monde le sait.

Il a des yeux orange

Une langue noire et râpeuse,

Des épines violettes sur son échine rugueuse.

Je l'attends près du lac, il ne va pas tarder
Et la crème de serpent est son plat préféré.

– La crème de serpent ? Il est temps de s'en aller !
Adieu petite souris. Et il va se cacher.

« Ah, le stupide serpent ! Il ignore donc, le sot,
Qu'il n'existe pas de gruffal...

Oh ! »

Mais quel est donc ce monstre aux griffes effrayantes,
Aux dents si redoutables, aux mâchoires terrifiantes ?
Il a de la corne aux genoux, des orteils écartés,
Et sur le nez une grosse verrue empoisonnée,
Il a des yeux orange, une langue noire et râpeuse,
Des épines violettes sur son échine rugueuse.

– Au secours ! Un gruffalo !

– Oh, mon plat préféré, grogna le gruffalo.
Ça va être très bon sur un petit pain chaud.

– Oh non, dit la souris, ce ne sera vraiment pas bon !
Car je suis redoutée dans ce grand bois profond.
Je t'invite à me suivre et tu verras très vite
Que lorsque je m'approche, tout le monde prend la fuite.

– Bien, dit le gruffalo en riant aux éclats.
Montre-moi le chemin, je reste derrière toi.

Ils marchèrent longtemps, puis le gruffalo dit :
– J'entends siffler, là-bas, entendrais-tu aussi ?

– C'est le serpent, dit la souris. Bonjour, serpent !
Voyant le gruffalo, le serpent devint blanc.
– Oh, ciel ! s'exclama-t-il, adieu petite souris !
Et sous sa pile de bois, aussitôt il s'enfuit.

– Tu vois, dit la souris, je ne t'ai pas menti.
– Étonnant, répondit le gruffalo surpris.

Ils marchèrent encore puis le gruffalo dit :
– J'entends hululer, là-bas, tu entends aussi ?

– C'est le hibou, dit la souris. Coucou l'oiseau !
Le hibou sursauta devant le gruffalo.
– Holà, s'exclama-t-il, adieu petite souris.
Et en haut de son arbre, aussitôt il s'enfuit.

– Tu vois, dit la souris, je ne t'ai pas menti.
– Stupéfiant, répondit le gruffalo surpris.

Ils marchèrent un peu plus et le gruffalo dit :
– J'entends des pas, là-bas, tu les entends aussi ?

– C'est le renard, dit la souris, renard, bonjour !
Voyant le gruffalo, il cria : « Au secours !
Adieu petite souris, on m'attend quelque part. »
Et loin dans son terrier, disparut le renard.

– Alors, Gruffalo, dit la souris, tu vois bien ?
C'était la vérité, tout le monde me craint !
Mais j'entends quelque chose ! Mon estomac gargouille
Et mon plat préféré, c'est le gruffalo aux nouilles !

– Le gruffalo aux nouilles ? cria le gruffalo,
Et rapide comme l'éclair, il s'enfuit au galop.

La souris, bien tranquille dans le grand bois profond,
Ramassa une noisette et trouva ça très bon.

Des petits albums à partager, de grands moments à lire ensemble

À lire à un enfant :

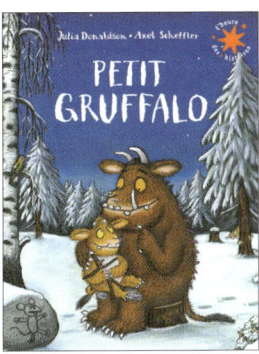

Petit Gruffalo
de Julia Donaldson
et Axel Scheffler

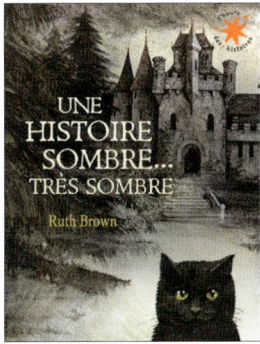

**Une histoire sombre…
très sombre**
de Ruth Brown

**Il y a un cauchemar dans
mon placard**
de Mercer Mayer

J'aime mes cauchemars
de Séverine Vidal
et Amélie Graux

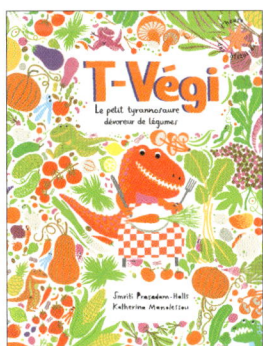

T-Végi
de Smriti Prasadam-Halls
et Katherina Manolessou

Louise Titi
de Jean-Philippe Arrou-Vignod
et Soledad

  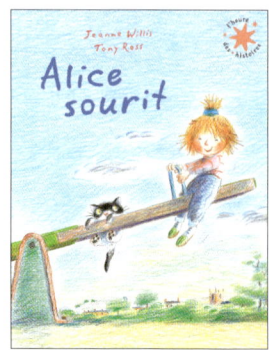

Le Petit Chaperon rouge
de Charles Perrault
et Georg Hallensleben

Pierre et le loup
de Serge Prokofiev
et Erna Voigt

Alice sourit
de Jeanne Willis
et Tony Ross

La sorcière dans les airs
de Julia Donaldson
et Axel Scheffler

À lire à un enfant :

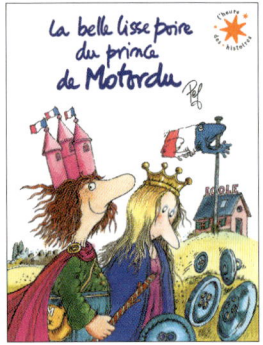  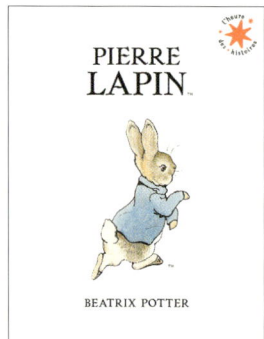

*La belle lisse poire
du prince de Motordu*
de Pef

Au loup tordu !
de Pef

Pierre Lapin
de Beatrix Potter